針穴の中の嵐
金基澤詩集

韓成禮 編訳

思潮社

針穴の中の嵐　金基澤詩集

韓成禮　編訳

思潮社

目次

I　胎児の眠り

ネズミ　14
トラ　16
イヌ　18
蚊　20
ゴキブリは進化中　22
鶏　24
カメ　26

冬鳥　27
旱魃　29
せむし　30
胎児の眠り　1　32
美しき原子爆弾　33
八時　35

II　針穴の中の嵐

顔　38
隙間　40
居眠り　42
針穴の中の嵐　44
静かな、あまりにも静かな　46
一人の肉体のために　49

埃の音楽　52
イヌの餌入れ　54
蛇　57
いわし　60
九老工団駅のヒヨコたち　62
食べもの横丁を通りながら　65
失業者　67

Ⅲ　事務員

冬を待つ　70
苦行を終える　72
足跡 1　74
宇宙人　75
足をひきずる人　77

事務員　79
あくび　82
鳥肌　85
新生児 2　87
ほやほやの言葉を　88
彼は鳥ほども地に足を降ろさない　90

IV 牛

牛革の靴　94
自転車に乗る人　95
染み　97
目玉焼き　98
草虫たちの小さな耳を思う　100
牛　102

舌　104
直線と円　106
おばさんになった少女のために　109
うようよしているね、木よ　111
手話　114
壁　116
無断横断　118
くしゃみ三回　120
拒否できない遺産　122
ミカン　125
どうやって思い出したのだろう　126

Ⅴ　ガム

彼と目が合った　130

サムギョプサル　132
暇な息詰まり　134
猫殺し　136
かゆみ　138
大きなプラタナスの前で　140
木製の長椅子　141
イヌ３　144
ガム　146
楽しいバス　148
生テナガダコを食べる　152
悲しい顔　154
本を読みながら居眠り　156
保育園で　159

VI　割れる割れる

ネクタイ　162
今日の特選料理　164
大きな木　166
工事中　168
デブ女　170

出典一覧　174
年譜　176
話すことと話さないこと　金基澤　180
がらんとした重みの体　金基澤の詩の世界　李光鎬　184
凝視の詩学　韓成禮　188

装幀＝思潮社装幀室

針穴の中の嵐

金基澤詩集　韓国現代詩人シリーズ③

I　胎児の眠り

ネズミ

穴の闇の中に、息を殺した静寂の後に
不安が胸を騒がせている
人や猫の眠りを覚ます
軽薄で騒々しい音は空き缶の中に
バケツの中に、タライの中にいつも潜んでいる
闇は心安らかで安全ではあるが、飢えの存在するところ
棍棒と罠のある昼間を過ぎ
閃く目と疑い深い耳を過ぎ
飢えた胃袋を引き寄せる匂いに向かって
歩みは空気を踏むように進む
どかどかと飢えの中に入ってくる石鹸の欠片

ビニール袋、香ばしい猫いらずのついた飯粒
泡を噛み、震えながら死ぬまで止められない
ああ、恍惚で不安な食欲

トラ

長くゆっくりとした欠伸と怠けた表情の中に隠れた目
草の葉を擦っていく風と足跡をことごとく把握する目
目前を過ぎていく獲物を見てもトラは動かない
胃袋を取り囲んだ眠りが深いほど気持ちよく揺れる
ジャングルは眠りの水面下で屈折され青い夢になっている
筋肉と足の爪を柔らかく覆った毛は
縞模様の太い筋に沿って野原に広く伸びている
ふわふわとした毛の上で寝転び戯れる大小の獲物たち
広い葉を揺らしつつ波打つ密林
しかししばらくしたらがらんとした胃袋が眠そうな目に光彩を与えるだろう
足で重い体を起こし、 のそりのそりと歩き出すだろう

ゆっくりとした歩みは静かになった毛の中に太い骨の動きを覆い隠したまま
一気に力を集中できる最短距離の見当をつけるだろう
俊敏な足と鋭敏な触手を鈍らせる
力はたった一瞬だけ必要なのだ
荒々しい最後のあがきを大人しい餌にするには
重い体を一筋の軽やかな曲線にする動きで充分だ
飢えた目つきと足の速い獲物たちの尖った耳が
がさつく草の葉ごとにぴんと張って触れ合っている
蒸し暑い真昼、平和で静かなジャングル

イヌ

食べるものではないと気づくとすぐ
イヌは焦点から私の顔をそらし
私の体の背後の果てしなく遠いところを
金網と塀、山と雲と空
食べるものではないあらゆるものを貫いて
遥か深いところを眺めた
鼓膜の取り除かれたイヌの目の中で
世界はあまりにも静かでゴミ一つなく
食べるものは残らず栄養分となり
栄養分は残らずイヌの体の肉となり
肉は希望となった

イヌの目の中で
生老病死を越えたあるところで
食べるものを探し出せるような
イヌの目の中で

蚊

I

アニャン（安養）川は今日も泡でいっぱいだ
ワニの皮のような青黒い水の中に低く潜み
硬い皮を押し上げて無数の水玉を作っている
皮は思いきりピンと膨れ上がり
ゆっくり泳いでいく　水玉は膨らみ安全に見える
皮を剝ぎ取ると出るあの真っ赤で熱いものの上に
下水溝ごとに繫がるそれらの激しい食欲の中に

2

一匹の蚊、泡から弾けて出た
小さな水玉の上にそっと飛んで来ては止まる
蚊の重さだけ水玉がへこむ
風で蚊が揺れる　水玉も揺れる
ゴムボールのように蚊の足が震えては静止する
蚊は瞑想中、音より軽い風の中で瞑想中
ぬるぬるで弾みの良い虹色の水玉に止まって

蚊、依然として動かない蚊
目と耳、頭と触覚、その鈍い感覚全てを閉じて
細い足の精巧な均衡だけで深い瞑想に沈み
硬い皮がごく柔らかい水玉になるまで
蚊、依然として動かない蚊

ゴキブリは進化中

信じられない。あいつらも埃と水分でできた人間のような生物だということを。そうでなければどうやってセメントや殺虫剤の中で生きているのにあんなにふっくらと太れるのか。肉の塊を溶かす殺虫剤をいかにして細い血管に流し、硬くて荒いセメントを糞に変えられるのか。ポカンと口が開いてしまう。鉄の塊の筋肉にしか見えないあの高度な機敏性と機動力の前では。

人がセメントを作って家を建てて住み始める以前に、虫の卵まで一気に殺してしまう毒薬を製造して撒き始める以前に、あいつらはどこに住んでいたのだろうか。土と木、小川と川、どこに隠れて土がセメントになり、さらに家になるのを、水が殺虫剤になりそして獲物になるのを待っていたのだろうか。氷河期、その数万年もの歳月の分厚い氷の中のどこかに腐敗しない金属の卵を隠し持っていたのだろうか。

ロボットのように、鉄板を体に纏った虫たちが這い出てくるかもしれない。金属と金属の間を貫いて住みつき、鉄板を旺盛に消化して数億トンの重金属廃棄物を排泄しながらずんずん大きくなる、たいそう進化した変種ゴキブリが現れるかもしれない。目には見えない氷河期。その分厚くて冷たい鋼鉄の肌の中に卵を隠し持ったまま、時が来るのを待っているのかもしれない。灰色のスモッグがそれでも白く澄んで、排水も非常にきれいだという理由で、息ができなくて動けず、目を開けたまま眠っているのかもしれない。

鶏

力が強いということはどれほど悲しい動作につながるのか。
首を切られまいと、毛を抜かれまいと
鶏の足はありったけの力で抵抗する　鶏屋の手を引っ掻きながら
鶏小屋の汚い床を白くなるまで引っ掻きながら
岩のように動かない静かな手の平の果てに
しかし虚空は鶏の足より力強い

あらゆる動きを極力抑えた手で
鶏屋はピクピクする頑固な命を押さえつける
短い時間に込められた長くゆっくりとした動作、
あらんかぎりの力で思いきり空気を掴みとってはぶるぶる震える足、

腕の青白い血筋を揺さぶって広がっていく遥かな響き、

白い羽が抜かれる　赤い血がとめどもなく流れ出る
鶏の体温は驚くほどに温かい
まだ命をぎゅっと握り締めている鶏の足に
がちがちに固まった一握りの空気
絶えていく命を摑もうと筋肉に掻き集めた力は
まだ筋を引っ張ったまま留まっている。
力が強いということはどれほど悲しい動作につながるのか。

カメ

カメの鈍い足に時間が入る
秒針の音もなくのろのろと這っていく
カメが足を止めて沖を眺めると
時間はしばらく石の中に入り込んでは
思い出したように石から足を引き抜いて再び歩き出す
時間はせっせと波を運んできて
カメの鈍い耳を何度も引っぱたくのだが
たちまち泡になり波打つ水になる
カメが歩いていく　果てしなく歩いていく
一日中休み休み時には歩くのも忘れて

冬鳥

鳥一羽まっすぐ立って眠っている
冬の風が冷たい腰に吹いては通り過ぎる高圧線の上
眠りながらも目覚めている足のバランス
冷たくがちがちに固まるまでは
あの足は決して伏すことはない
四六時中羽ばたきで押された青い空気が
広がっては寒さで精一杯刃を研いだ後
夜風になり高圧線を揺らす
鳥の眠りは安らかに揺れる
木の枝の中を静かに流れる樹液の震えが
高圧線を摑んだ足に伝わってくる

炎の生じる高圧は羽と羽の間
釣り合ったバランスの中心から静かに澄んだ眠りになる
凬が自由に出入りする眠りから見下ろすと
闇と凬は泣き叫ぶ一匹の大きな獣であるのみ
その上空は温かく明るくて豊かである
強い凬は一晩中鳥を揺すって起こすが
青い空気は闇を押して徐々に大きくなっていく
羽を広げるように果てしなく広がっていく

旱魃

泣き声は熱くなるばかりで
涙となってこぼれることはない
一気に喉びこを押し上げるが
依然として胸の奥で燃えているだけ
辛い舌　赤い口を隠し
さらに熱くなるまで　さらに熱くなるまで

せむし

地下道
その低く曲がった闇に押されて
その老人の姿はいつも見えなかった。
出勤の途中
毎日いつもの場所のいつもの人だけれども
会うのはいつも
空っぽの手の平の片方、いくつかのコインだけだった
時々背骨の下に隠れている小さな顔
セメントを凝固させる力に押されているような白い顔
それすら見えない日の方が多かった

ある日、蒸し暑くて騒がしい正午の道端に
あの老人が静かに眠っているのを見た
背中に大きな卵を一つ背負って
そしてその卵の中に入り
胎児のように丸くうずくまって眠っていた。
まもなく殻を割って何かが出てきそう
鉄筋のような背骨が砕けるように伸びをしながら
老人はすぐ起きてしまいそう
卵はとりわけ大きくて危なっかしく見えた。
メガロポリスの騒音よりさらに勇ましい
息遣いは低めに聞こえ
背中を丸め卵を抱いた闇の上に
一日中光が照らされていた。

翌日から老人の姿は見えなくなった。

胎児の眠り　1

彼女のお腹の上に耳を当てて横になると清い水の流れる音がする　小さな息遣いの合間に流れる静かな動きが聞こえる　温かい毛細血管ごとにそれらは波打つ　時に肋骨の中で止まり長く鈍重な響きになってぐるぐる廻っては再び毛細血管の中に震えながら染み込む　この音の流れるどこかに　すやすやと息をしながら育つ一人の子供が隠れているらしい　思考のない夢になろうと　驚いた目になりくすぐったい指と足指のうごめきになろうと　音はそこに集まるようだ　この全ての音が溶けて鼻になり顔になろうとするには　心臓になり胸になろうとするには　どれほど深い眠りに入るべきなのか　眠りの浮力の勢いに耐えられず赤ん坊はもうこれ以上隠れていられず　への緒が切れるように浮かび上がり　波に漂い　ただ揺れている　魚を釣ることなどできない葉っぱのような手で眩しい目を擦っている

美しき原子爆弾

全速力で前だけ向いて疾走する
後ろから追いかけてくる熱と暴風
燃える木を貫き　崩れ落ちる家を貫き
透明になった私の肌もやがて貫き
骨だけを追いかける放射線
街中に私の骨が晒される
晒された私の骨がさらに急激に、さらにしつこく
走る、走っては走っては浮かぶ、飛ぶ
飛んでいく私の骸骨が燦爛と閃光を浴びて
笑う、歯をすべてむき出して、ヒヒヒと優しく
笑う、歯のように口にしっかりと固定され決して止まない笑いを

笑う、笑っては溶ける
純白な光になる

八時

七時は八時のためにいつも不安だ。七時になるまで六時は数百回もまだ七時じゃないと叫ぶ。七時は六時五九分五九秒まで布団の中に横になって楽な仕草をする私の眠りを堂々と踏みつぶして現れる。

七時に荒々しく私を起こして鋭利な分針と秒針で私の体を均等に分ける。まず慣れた手つきで尻を切り取り便所の中に放り投げる。次は顔を切って鏡と剃刀と一緒に洗面器に突っ込む。あちこち散らかっている手足は慌てて布団を畳み服を着てネクタイを締め靴を履く。

八時が迫ってくるのが恐ろしいが私は八時に向かって走っていく。昨日通り過ぎた足跡を正確に踏み直しながら、表情のない人々が秒針のようにせわしく行き交う七時と八時の間を過ぎて。

何の考えもなく大勢の人々が七時の街にどっと流れ出る。その多くの人々が入るには八時の入り口はあまりに狭すぎる。七時のいたるところに散らばっていた人々が一斉に八時の狭い入り口に迫る。私も彼らと一緒に秒針の差す目盛りと目盛りの間の隙間を縫って入り込む。

あまりにも狭くもどかしい目盛りに遮られ、その目盛りの間に挟まった人々の罵声と喚きに遮られ八時の時計にはいつも九時は見当たらない。

II　針穴の中の嵐

顔

目が疲れてかすみ　両手でしばらく顔を覆った
手で覆った顔は暗く　すぐ闇が手に染み込んで
手の平いっぱいに骸骨が触れた
私の手は不思議なものを感知したようにその骨を手探りした
いっぺんに触ってしまえば何かを逃してしまうようで
惜しむように少しずつ少しずつ手探りしていった
冷たく無愛想で何に対しても無関心なその物体を
私の顔の生じる前からあったようなその堅固な廃墟を

骸骨の表に付いて
ニコニコし　涙を流し　しかめ面の表情を作った顔よ

心のようにとても浅はかな顔よ
眠らずに考えずに悲しまずに
私の骸骨はいつも君を見ている
しばらくの間だけ美しく咲き散っていく顔を
顔のあとに伸びる
顔の記憶が消されてからも　しばらくつづく長い時間を
サングラスほどの穴の開いた大きな目で見ているのだ

しばらくして私は手探りした骸骨から手を離した
あっという間に日の光は肉に変わって私の骸骨を覆い
すぐに顔になった
長い間無くなっていたのに、今急に被された顔がぎこちなく
私はしばらく目をぱちぱちさせた　やっと瞳を取り戻して
急いで書類の中の数字に焦点を合わせ始めた

隙間

丈夫なものの中から隙間は生まれる
互いにぎゅっと抱きしめて固まった鉄筋とセメントの中にも
息をして歩ける道はあったのだ
長くて細い一筋の線の中に光を詰めこみ
耐えては腰を伸ばす隙間
微小に開いたその線の幅を
数十年の時間、分、秒で分けてみる
ああ、どれほどゆっくりと隙間は開いてきたのだろうか
そののろくても粘り強い力は
血管のように建物の隅々まで伸びている
ソウル、巨大なビルのジャングルの中で

足もなく壁と壁に伝わってうじゃうじゃとしている
今は派手なタイルと壁紙で覆われているが
新しいタイルと壁紙が必要なら
剝がしてみろ　両目で確かめてみろ
一瞬にして隅々まで逃げて隠れる
けれどもどの隅からも無邪気な尻尾が見える
隙間！　隙間、隙間、隙間、隙間隙間隙間隙間隙間……
どんな鉄壁にでも割りこんで住み着くこの隙間の正体は
実は一筋の華奢な虚空
どうしようもなく雲や草の葉の背中を押してやった
惰弱な力
この力がどこにでも染みこむように入ると
丈夫なものには全てひびが入る、割れる、崩れる
丈夫なものは結局消えてしまい
華奢で惰弱な虚空だけが終に残る

居眠り

ぼんやりと座っている間も休まずに
首は力を入れて頭を支えている
眠気がしきりに首の力を奪おうとする
一瞬、首は緊張した力を失い頭は垂れる
頭が急に重さになる
謹厳でまっすぐに立っていたその重さは
木から落ちるリンゴのように引力の法則の中に入る
こっくりと垂れる重さをすばやく首が持ち上げる
重さはまた頭になろうと目を瞬かせ
弛んだ水晶体を凝縮させ
窓の外の速い光景に焦点を合わせる

けれども眠りはまたもや水晶体と首の骨から力を抜こうとする
水晶体と首の骨は徐々に目と頭を放してしまう
ふらつく一塊の丸い重み
こっくり隣の人を押すたびに、こっくり椅子の角にぶつかるたびに
こっくり虚空を一回りするたびに
びっくりして首を振りつつ頭になる重み
もう重みはまるきりコウベを反らしたまま
加速度の中を走る椅子に座り
加速度で走る眠りの上に気楽に乗っている
バスが急停止すると椅子は激しく加速度を抑える
加速度を抑える椅子から
加速度に耐え切れなかった重みが軽く離れていく
バスの床に転がる悲しい一塊の重み

針穴の中の嵐

非常に長く使い込まれた彼の肉体は、古く擦り減っている。息をするたびに喉と肺からコロコロと音がする。粘っこい分泌物や汚物が通路を塞ぎ針穴のように狭くなった気管で、彼は命がけで息をする。あまりにも荒々しく息をするので何も考えられない。息が切れるとよく口が開いてしまう。開いた口からヨダレがだらだらと流れるが、あまりに激しく息をするので拭く暇がない。

夜になると息をする音以外には何も聞こえない。喉からのぜいぜいと低い音が時には突如として強くなり巨木を引き抜き屋根を吹き飛ばしてしまいそうな勢いになる。吹きすさぶ風の力に揺らいで彼の体は強烈に揺れてやがて痰と唾を貫いてせきが噴き出す。せきが出るたびに彼は首を摑みごほんごほん吠えて床に転がる。体の中でひとしきり体力を奪った風は次第に静かになってまた肺に大人しく座り込みぜいぜいする。

必死に風に耐えて引き裂かれたビニールの切れ端のように、ガタガタするドアのように、壊れて粗末になった体、風にさらに耐えるために彼は不安な体を用心深くベッドの上に寝かす。少しでも呼吸が荒くなったり不規則になれば体の中で休んでいる嵐がうごめく。息が針の穴を無事に通過するように彼ははらはらしてふうふうと息遣いを穏やかにする。傲慢で反抗的だった考えと熱くて憚らなかった感情で嵐に歯向かってきた体はもはや嵐を防ぐには軽すぎて華奢である。静かな心、夢もなく考えもない眠りにつこうと彼はもっと蹲る。

静かな、あまりにも静かな

煩雑な街で泣いている子供を見かけた。
子供は自分の頭よりも大きく口を開けて
激しく肩をふるわせながら
真っ赤な目からしきりに涙を流していたが
街に泣き声はまったく聞こえなかった。
街はあまりにも静かだった。
どうしてこんなに見覚えがあるのだろう。この沈黙は
少しもおかしくない。どこかで見たような気がする。
恐らく私は長い間忘れていたようだ。
私の耳の穴をしっかりと塞いでいるこの静けさが
実は巨大な騒音であることを。

絶え間なく揺れてはぶつかり、引っかかっては落ちて壊れてしまう音
子供の泣き声の割り込む隙もなくぎっしりと詰まったこの音が
まさに静けさの正体だということを。
しかしどうすればいいのだろう。
音が石のように私の耳をしっかり塞いでくれなければ
私の不安は内臓のように一気に街に溢れ出るのではないか。
一度に騒音が消えてしまったら
心臓が止まりそうな冷たい静寂だけが残るとしたら
突然、私の内部の静寂は恐怖となって
心の中の不安はみな騒音となり
私の狭い頭の中で喚くに違いないだろう。
しかし幸いなことにそんな心配はなさそうだ。
子供の口の中に満ちたあの静けさ、
いくら大声で泣いても音のしないあの硬い石ころが
ヘッドフォンのように私の両耳をしっかり塞いでくれる限り
私には何も聞こえないだろうから。

酔っ払ってワアワア声を張り上げて歌を歌っても
通り過ぎていく人たちに悪口を言ったり、喧嘩を売ったりしても
誰にも聞こえないのだから。
この堅固で便利な習慣はこぢんまりとまとまっている。
まるで夢の中を歩いているように。

一人の肉体のために

走って行く乗用車が軽く持ち上がると
男は少しも飾り気のない動作で
ぐるりと空中で体を回して
全く重さを恐れずに
アスファルトの上に突き刺さった
薄い皮で包まれていた六十キログラムの生臭さ
中に入っていた怒りと夢が
裂けた所から一斉に溢れ出した
すべてのものはあらかじめ備わっていたように
迅速かつ完璧に自分の居場所に戻った
夢は白米の上に上がる湯気のように

ゆらゆらと冷静で善良だった白い脳みそを離れ
巨大なスモッグの中に染み込み
怒りはアスファルトの割れ目に沿って
下水道の中へ静かに流れ込んだ
大きくて頼もしい両手があったが
体温のある間だけこきざみに震え
まもなく冷たく硬い力の中に入ってしまった
誰かは、朝からよくも迎え酒をやったねと言い
通りがかりのバスの運転手はくすくすと笑い
手の平で半分ほど隠れていた顔たちが
くんくんと匂いをかぎながら生臭さに向かって押し寄せてきた
指先からつま先まで
血筋の先端　数万の根の毛細血管に
集まって背伸びとなり拳になり
瞳の中で光となるべき力が
骸骨を突き抜けて解け、四方に散らばった後

男はついに本当の肉体となったのである
無力で何もすることができずひたすら受け入れるだけの肉体
天国に住む人たちのようにおだやかな肉体に

埃の音楽

夜中。机には机の動く音がある。本の中には本が、服の中には服の、肉の中には肉の動く音がある。そこに埃が住んでいるからだ。埃はそれぞれの音を立てては引き出しの中から、本の紙の中から、服の糸の中から、肌が壊れたフケの中から離れて、空気の弦に移って坐る。空気の弦と埃が擦り合う音が空気の隙間ごとにいっぱいに鳴って出てくる。ときどき私が動いたり荒い息をつくと空気の弦は一斉に切れて弦から落ちた埃は波動を起こしながら押し出され、ひと群れの騒音となる。騒音は机の音を覆い、本と机の音、服と糸の音、肉とフケの音を塞いでしまう。騒音がのろのろと散らばって、空気の弦がやっとつながると、埃はそっとその上に移って座り、音を立てる。

朝。光は眠っていた力を起こす。力と力は起きたとたんに互いに押し合い圧し合いながら巨大な騒音を作り、その騒音の数多くの穴と吸盤の中に埃は無差別に吸い込まれていく。埃は細くて長い旋律から抜き出され、警笛になって煤煙になって激しい振動になって風を起こして窓を揺さぶり、土埃を飛ばして空気の隙間に不純物をいっぱいに詰め込んでしまう。騒音が通るところどころに空気は割れて破れて壊れて散って、机や本や服や体や家は騒音に耐えるために硬くて無愛想な姿に戻る。

夕方。疲れた歩み、酒に酔った足どりが家に帰る時間。埃は埃の家に帰る。一日中うなった荒い力が静まる間に、騒音は徐々に小さくなって跡形もなかった空気の弦が少しずつ癒え始める。机の中で本の中で服の中で肉の中で息をひそめていた埃は、散らばっていく騒音を慎重に触りながらおずおずと空気の弦に近づいていく。やがて全ての騒音がおさまる。取っ手は再び楽しい音を立てつつさびつき始めて、剝いだリンゴの皮からは糖分の腐る音が小さく聞こえ始める。

イヌの餌入れ

空腹を丸く抱えて前足に顎をついて
イヌは眠たそうな目で寝転がっている　ゴロゴロと鳴っていた空腹も
楽な姿勢に酔ってぐったりとしている
眠そうな目に差す一筋の細い光
餌が盛られていた間には遮られていた餌入れ一つ
急いで空腹を満たす間には見えなかった餌入れ一つ
その深い空っぽの空間が冷たく光を放っている
イヌは胃腸の中から休んでいた唸り声を取り出し
低く唸りながら空き皿の深さを睨む
空腹の力が怠けた足を起こす
イヌはひとしきり大きく吠えてみる

皿の中の空っぽの空間は動かない
威嚇するように何度も吠え続けてみる
勇ましい声は空っぽの丸い器の隅々を舐めてから
再び舌と喉の中にもどってくる
空腹は空き皿よりもっと深くなる
微動も動揺もしない敵に向かって
やがてイヌは振っていた尻尾を蹴飛ばして突進する
空っぽの餌入れを銜えて振っては引っ掻き、蹴っては裏返しに転がす
空っぽの餌入れはあちこちに騒がしく転がり回り
空腹が思い切り泣き叫んでも何もしない
傷つき潰れる餌入れの空っぽの空間
軽くて鋭い金属の音は胃腸の中でぶつかり合い
きれいに洗い落とされる
井華水*のように細く震える空腹の響き
空腹は楽しい遊び
首輪もなく四本の足と尻尾もない

飼い主も罵声も鞭もない
静かで丸い餌入れだけがあるような

＊井華水＝早朝一番、はじめに汲んだ井戸水（訳注）

蛇

腕と足とは何だろうか
なぜ肉の皮を貫き体から生えてくるのか
私は知っている、手足のついた体を
その体がどんなに熱いのかを
その沸き上がる体の中に
どれほど多くの泣き声が入っているかを
生まれたばかりの子たちは生まれたとたんに
体からまず泣き声を取り出さねばならない
一生の間せっせとしゃべって
言葉を吐かなければならないのだ
そのように体まず乱暴な力を排泄しなければ

結局は自分の熱気に耐えられなくなって脳は溶け
心臓は燃えてしまうのだろう
体の中の熱気が肉の皮を押し出して張り裂けないように
肉の皮が張り裂けたところから、厄介な手足が生えないように
そして体中に冷たい血が流れるように
全ての力を毒に切り換えねばならない
氷のように冷たく輝けばこそ　きれいになる毒
その青い力で沸き上がる熱気を鎮めねばならない
そうして最後には
細くて長い線一つだけが体に残るだろう

軽い　ああ、楽だ
腕や足の毛と尻尾などのあらゆるものが省略され
一筋の長い体に単純化されるなら
頭と心臓でいつも地に触れられるし
思いきり地の冷たい力を飲めるし

その楽しさのため毒はますます広がり鋭く刀を研ぎ澄ませる
木のように地の静かな気運を受けて息をして
飢えるほど目は光彩をさらに放ち
速いほど体は風よりも小さい音を出す
煩わしくもがいた腕と足
その体がひっきりなしに吐き続ける悲鳴と喚きも
毒に消化させれば忽ち形態を捨てて熱気と騒音も捨てて
快く華やかな鱗となる

いわし

あの硬くなったやつらは固まる前は波だった
波と津波が休む海の中
ひれとなった波の間に挟まって
悠々と流れる無数の分かれ道だった
網が波の中からいわしを取り除いたのだ
陽光の剛直な直線の間に挟まれるやいなや
穏やかな波はぴょんぴょんと跳ね上がっては道に迷ったのだろう
風と陽光がくっつき水気を吸いこむ間
海の波紋は骨のように残り
いわしの背とひれの上で硬くなったのだ
砂山のように路上に積もり

干物屋のばさばさした空気に溶けては
油で揚げられて皿に盛られたのだ
いま、箸の先でカクテギのようにしっかりつまめるこのいわしには
厚くてがっちりとした空気を切って流れる
海がある　その海にはいまでも
ひれがあり、ひれを揺さぶる波がある
この小さな波が
いまもいわしの胴体をよじるこの小さな波紋が
波を作って津波を呼び
漁船を壊して網を裂いたのだ

九老工団駅のヒヨコたち

I

騒音が固まってはまた固まり空気は岩のように硬い　どれが車のクラクションなのか電車が通り過ぎる音なのか呼び子の音なのか悪口を吐く音なのか区別がつかない　空気は目まぐるしく絡まったまま硬くなり私の耳に石のように打ち込まれている　駅の入口に服をどんと積んだ男が手を打ちながら何か叫んでいる　さあ選んで選んでなどと言っているようだが　ただ大きく口をぱくぱくしているだけである　指で耳を塞いだり開いたりしてみるとこの騒音は雷の音になる　でもひたすら耳を開いておいたらこの雷の音は砂漠のようにただ静まり返るだけである

2

細くて冴えた音がふと
聞こえてきた　驚いた
こんな軟弱な音が空気の岩を貫き
よくも私の耳まで届いたものだ
澄んだ力で丈夫な壁を貫き
私を訪ねてきたその音は
耳の騒音を洗い流し
さわやかに鳴り響いていた
その音に引かれていき
導かれた先はラーメンのダンボールの中
マクワウリのような黄色いヒヨコたちが
チョンチョンと駆け回っていた
澄んだ音を作る以外は
何もできないヒヨコたち

その何もできない純粋な力が
澄んだ音を開いて
自ら騒音の暴力を掻き分けて
九老工団駅に広がっていた

食べもの横丁を通りながら

食べもの横丁を通る帰り道
豚のカルビの匂いが通りに満ちる
匂いを嗅いだらすぐに舐めようと
口と腹から唾と胃酸が慌てて湧いてくる
死んだ肉が焼ける匂いに決まっているのに
どうしてこんなに甘いのか
これは死の匂いではなく、生の匂いだというのか
さぞかしその死には長い間さいなまれた不安と
瞬く間に過ぎ去った極度の恐怖があったのだろう
でもこの匂いにはそんな気配が少しもない
ひたすら味わいが深いだけでしらじらしく図々しい

本当にこれが死の味なのか
生臭くて不快な匂いなのに
舌と胃がしばらくだまされているのではないか
幾多の死を抱いて美しく豊かになった山のように
一つの身の中に生と死を混ぜ合わせておこうと
互いに同じ場所に暮らして仲直りさせようと
舌と胃を味の幻覚に魅入らせてしまったのではないか
じりじりと焼けるものが肉であれ死骸であれ
豚のカルビ、その幻覚の味と匂いから
一瞬たりとも抜けられない食べもの横丁

失業者

I

ぷつんと体の中で何かがキレるのを感じた

キレたら何もかも失いそうで
キレないように長い間あんなに用心して焦り
キレたらどうしようかと思って一度も声を大きく出せず
一度も思いきり怒鳴ることをせずに
いつも震えと微熱と残尿感の末にはらはらとしながらすがり付いていた

ドン、

その一つの塊が
長靴のような下半身の中に落ちていく音が聞こえた

2

何も分からないほどに酔っ払っても行く道を覚えていたのが
酒も飲んでいないのに、今は道に迷っている
心臓や肺や内臓が一つも残らない上半身は冷え冷えとして
その全てのものが降り積った足は重い
その重さを頼りにして私は歩く
歩みとは足がどこかに向かっていく行為ではなく
ただ一歩押し上げた胴体が前に倒れないように
片方の足がすばやく支えること
また片方が続けて支えること
行き先が分からぬままだが歩みは止まらない
がらんとしたこの大きな重さを負いながら

Ⅲ　事務員

冬を待つ

分厚い毛のような寒さ
身を丸くすくめると温かくなる寒さ
あまり着込みすぎて重い寒さ
動かずにじっとしていると
攻めて来ずにマジマジと見つめてくる寒さ
歯や足の爪もないのに尻尾を振る寒さ
腹が減るとよりたのしく揺れる寒さ
息をするたびにがらんとした胃袋に飯の代わりに居座り
ひもじい腹を揺らしながら飛び回る寒さ
腹の皮と背骨が互いに凍りついたら
自然と腰が礼儀正しく曲がる寒さ

精神統一して飯のことを考えながら
静かに居眠りする間に温かくなる寒さ

苦行を終える

細い木の枝のような腕を伸ばし
小川の水をすくって飲むと
冷たい空気が肋骨に沿って
渦を巻いては広がる。
痩せた足の下に
枯れたマメガキのようにぶら下がった金の玉、
カササギが飛んできて啄んでは行ってしまう。
さわやかなボロ。
恥ずかしさまで脱いでしまった裸体。
汚らしい犬の餌の食べ残しにも
新たに生じるきれいな食欲。

苦痛の中にのろのろと漏れていき
戻って来ない心。
心が洗い流された場所に残った
傷。だぶだぶの皮。
小川が体中に広がり
傷にくすぐるように触る。
膿が出たところに
新しく幼い肉がつく。

足跡 1

雪の中の空気を踏みながら歩きたい。
足跡も残さず歩いていきたい。
だが、雪の上には外見や大きさに合った
正確な重さが刻まれる。
雪の中の冷たくて白い空気が
さくさくと、足元から抜け出る音。
日差しが注げばすぐ溶けていくあの虚空の上に
息が絶えると四方に散らばる重さが押す
足跡、その絶妙な色即是空！

宇宙人

虚空の中に足がすぽすぽ嵌る
虚空からじたばたと足を抜いて歩く
どれほどしんどいことなのか
寄りかかる重さがないということは
歩いてきた分だけの距離がないということは

これまで私は何度転んだか分からない
今も倒れているのかも知れない
絶えずその場だけをぐるぐる回っていたり
引力に引かれてあるものの周りを公転しているのかも知れない

足跡　足跡が見たい
かかとから跳ね上がる
歩みの力強い響きを聞きたい
私の歩んできた
長くて曲がりくねった道が見たい

足をひきずる人

真っ直ぐに歩いていく多くの人々の間で
彼は踊る人のように見えた
一歩進むたびに
彼は座ってから立ち上がるように足を曲げ
その度に上半身は半分ほど曲がったり起きたり
その大仰さと奇妙な姿で
地下鉄の駅舎が死んだようになるほど静かに歩いた。
肩にぶら下げたかばんも
一緒に息を殺して力強く揺れた
歩けない片足のために
全身が足になり揺れていた

人々は皆柱になり堂々と立っているのだが
そのぎっしり詰まった柱の間を
たった一人でひらりひらりと通り過ぎていった。

事務員

早朝六時から夜十時まで一日も欠かさず
彼は椅子の苦行をしたという。
一番早く出勤して一番遅く退社するまで
自分の机の椅子に座っていたので
人々が彼の立った姿を見ることは、ほとんどなかったという。
昼食時にも椅子にしっかりと釘付けで
麦ご飯とキムチの入った弁当で食事を終えたという。
彼がトイレに行くのを目撃した人によると
驚くことに彼の足は椅子の脚がまっすぐ立ったように見えたという。
彼は一日中、損益管理臺帳経*や資金収支心経の中の数字を吟じながら
徹底的に苦行業務の中に隠遁していたという。

鐘の音、太鼓の音、木鐸のように電話のベルが鳴ると
受話器に資金現状　売上原価　営業利益　在庫財産　不良債権などを
清雅で趣のある念仏のように唱えたという。
果てしない修行精進で髪はどんどん抜け、腹は膨らんで
大きな頭と図体に比べて手足はひどく細くなり
長い間、陰地での修行で顔は青白くなったが
彼は毎日若い上司にぺこぺこ一〇八拝を上げたという。
あまりにも熱心に修行に精進したあまり
電話をかけようと電話機のボタンの代わりに電卓を叩くこともあったし
帰り道に地下鉄の改札口に乗車券と間違えて鍵を押し入れたともいう。
既に習慣が全ての行動と思考に現れるほど
深い境地に至っているので
人々は彼を「三十年間の長座不立」と呼んだそうだ。
そう呼ぼうが呼ぶまいが彼は全く構わず無言で一貫し
ただ過酷といえば過酷であるこの修行を
外部の圧力によって最後まで終えられないことを恐れたという。

せめて今まで縋り付けたことを大きな幸運とみなしたという。
彼の通帳には毎月少ないながら御布施が振り込まれてきて
御布施は満たされるや否や俗家の暮らしの中に跡もなく染み込んでしまったが
もしや残ったのか、やっぱり足りなかったのかには一度も関心さえ持たなかったという。
もっぱら椅子の苦行に邁進したという。
彼の机の下には依然として脚が六つあって
二本は彼の足で四本は椅子の脚であったけれども
どれが彼の足なのかは分からなかったという。

＊臺帳経＝韓国語では「大蔵経」と同じ発音で読む。大蔵経とは漢文で訳された仏教聖典の総称。（訳注）

あくび

読み終わったスポーツ新聞にもう一度目を通す
退屈な顔がしばらく緊張しては
突然息切れが迫ってくる。
鼻息と口からの息が何か尋常ではなくなり
鼻や口や顎に筋肉が生じてくると
口が空気を大きく豁るように開く。
あご骨に重さを任せて
ゆっくりではあるが力強く開く口。
顔の真ん中を力一杯押し上げた頂点で
口は息を止めてしばらく停止している。
咆哮する気だるい沈黙。

怠惰の中の短い緊張。
収縮した顔の筋肉に押され半分ぐらいつぶった目に
目をつりあげた地下鉄の乗客たちが見える。
つりあげた目の中に喉ちんこと喉が映る。
素早く口を閉じなければ
丸い空気の力に押されて閉まらなくなる。
硬くて噛み切れない肉で鍛えた歯も
空気の僅かな腕力では押し流されない。
閉じようとすればするほど大きくなる口の中に
蒸し熱く濁ったものが激しく吸い込まれる。
口を裂くようにこじ開けて自分の用を済ませ
空気はそっと口から抜ける。
顔の周辺に蠅のように飛んでいた倦怠は
口が閉じると待っていたとばかりに
顔に集まりぺたぺたと座る。
目はもっと赤くなり充血している。

左右に速く瞳を動かし
黒目で白目を拭いてみるが
赤い毛細血管だけがさらに鮮明になるばかりである。
このように消化できない空気は初めてだ。
舌なめずりをして
顔は退屈な表情に戻る。
地下鉄の暗くめまぐるしい空気で満たされた腹の中は
不満足気にゴロゴロして
喉ちんこはしゃっくりしたように辛い。
図体や肺活量に比べはるかに小さい鼻の穴が
怪しいといわんばかりにまた二つの穴をひくひくさせる。

鳥肌

盆の上に積まれた、毛がなくて寒そうな
山盛りになった白い鳥肌。
体の隅々までいっぱいにプップッと立った
ざらざらの鳥肌。
力の強い手の平が掻っ攫ったとき
驚いて体中が痒くなっただろう鳥肌。
包丁の前で戦慄したとき
さらに硬直して立った鳥肌。
寒くなるほど力が湧いて
硬く勃起する鳥肌。
足のない脚　頭のない首からも

少しも居竦まらない鳥肌。
肉となった今も棘のように
真っ直ぐに頭を突き出す鳥肌。

新生児　2

赤ん坊を抱いた腕から
今も赤ん坊の匂いがする
えらで息をしていた海水の匂い
両手いっぱいに羊水の匂いがする

一日中その生臭さのため
目眩がして騒がしい頭を洗う
私の頭は子宮になる
赤ん坊が入って一日中泳いで遊ぶ

ほやほやの言葉を

一歳になった娘が
この頃熱心に言葉遊びをしている
私は耳についたたくさんの指で
その柔らかな言葉に触ってみる
母音の豊かな
そして子音が少しだけ混じっても魅入ってしまう
そのほやほやの言葉を

幼い発音で
娘はしきりに何かを聞いてくる
発音がとても未熟でよく聞き取れないけれども

イントネーションの音楽はなんと弾力があって楽しいものだろう
聞いてはまた聞き
言葉の生じる前からあったような秘められた文法を
新たに覚える

娘と私との会話は途切れることがない。
言葉に特に意味はなくても
楽しそうに一人で笑って踊って歌いながら遊びまわる。
私たちは子犬や鳥のように
一日中吠えたり囀ったりするだけだ。
吠えて囀るだけでも
話したい言葉が多すぎて日が暮れるのも分からない

彼は鳥ほども地に足を降ろさない

翼がなくても彼は常に空に浮いていて
鳥ほども地に足を降ろさない。
エレベーターから降りてアパートを出るとき
しばらく地を踏む機会があったが
三、四歩踏み出す前に車のドアが開いて
彼は高層から落ちたボールのように跳ねて中に入る。
車椅子に座った人のように彼は足の代わりに尻で歩き回る。
足の代わりにタイヤが地を踏む。
彼の体重はゴムタイヤを通じて地に伝わる。
体重は素早く埃のように地上に散らばる。
車から降りて事務室に行くとき

しばらく地を踏む時間があったが
三、四歩踏み出す前にエレベータのドアが開いて
彼は鳥のように飛び込んで空中に跳ね上がる
彼は四六時中目眩もせずに二十階の空に浮いている。
電話とメールで絶え間なく囀るため
一瞬も地に降りて来る暇がない

IV
牛

牛革の靴

雨に濡れた靴
きつい　足がうまく入らない
履こうとすればするほど
靴はさらに強く革を縮める
靴がこんなに意地を張ったことはなかった
私は靴べらで靴の口を無理やりに開いて
ついに靴に足を入れてしまう
私の足が靴の口を塞ぐと
靴は空いた靴べらの跡を静かに窄める
自分の中に何が入って来たかも知らずに
牛革は湿っぽく冷たい足を力を加えて包み込む

自転車に乗る人

——金薫*の自転車のために

あなたの脚は丸く回転する
腰から尻に膝に足にペダルに車輪に
長く繋がった脚が回転する
あなたが精一杯ペダルを踏むたびに
太ももとふくらはぎに車輪の模様のような筋肉が生ずる
ふくらはぎの太い血管が車輪の中に入る
筋肉は車輪の表面にもごつごつと生じている
自転車が通り過ぎた道の上に筋肉の形が押印される
丸い車輪の足の裏が土と石を踏むたびに
あなたの体全体が激しく揺れる
未舗装道路のようにでこぼこな風が

あなたの髪をむやみに揺さぶってかき乱す。
あなたの自転車は血のエネルギーで転がる
無数の毛穴は開いては縮み息をする燃料
熱くなる燃料　汗ほとばしる燃料
そして濃い汗の匂いがふうっと漂う燃料
あなたの二気筒の鼻の穴から噴き出る無公害排気ガスは
すぐに清らかな風となって散らばる
ころころころころ転がる丸い脚丸い足
丸い速度の上でピストンのように力強く上下に動かす
丸い二つの尻と丸い頭
その間でより険しく曲がるあなたの背骨

＊金薫（キム・フン）＝韓国の小説家で文芸評論家、自転車のレーサー。（訳注）

染み

カタツムリが通ったところには分泌物の長い道ができる
薄くてひやっとする甲殻の下に　のろくてぬるぬるして柔らかな道
悲しみが流れ出た跡のように　激しい欲情が過ぎ去った跡のように

道はすぐに消され微かな痕跡だけが残る

ふにゃふにゃした力が少しずつ自分の体を溶かしながら　乾いたところを濡らして道を作った場所、染み

一時の湿っていた記憶で　からからに乾いた場所に耐えている

目玉焼き

子宮のように丸くて
精液のようにどろっとして透明な液体の
ヒヨコは
やがてぺちゃんこになる　フライパンの上で
次第に白く固まりつつ
くにゃっとする　熱い油を跳ね返しながら
くにゃっとする　不透明な粒を騒がしく立てながら
くにゃっとする　香ばしい生臭さを漂わせながら
くにゃっとする　固まった目　固まった羽で
くにゃっとする　見えない背骨と血管を縮ませながら

一度も開けたことのない目と
一度も動くことのなかった心臓と
一口の水も飲めなかった黄色いくちばしと
糞さえ出したことのない尻の穴が
自由に　そして平等に混じり合って凝固した
目玉焼き
白い皿に盛られる
ヨルリン音楽会*の興に乗った歌が響き渡り
温かな湯気の立つ夕餉を囲んで
私は家内と娘と一緒に丸く車座になっている

*ヨルリン音楽会＝毎週日曜日の午後五時半ごろから放送される韓国の代表的な音楽番組（訳注）

草虫たちの小さな耳を思う

テレビを消すと
草虫の声
闇と共に部屋の中にいっぱい入ってくる
闇の中で聞くと虫の声は明るい
星の光がともって更に朗々と聞こえる
コオロギやキリギリスのような大きな鳴き声の間に
あまりに小さくて聞こえない声もある
その草虫たちの小さな耳を思うとき
私の耳には聞こえない声が出入りを始める
暗くて狭い通路のことを思う
その通路の先にドキドキしながらぶら下がった

もろい心を思う
踵のようにぶ厚い私の耳にぶつかっては
元に帰っていった声を思う
ブラウン管の噴き出した絢爛な光が
私の目と耳に厚く詰め込まれていく間に
その鳴き声は数え切れないほど私に届いては
あまりに頑丈な壁に驚いて引き返したのだろう
カゲロウのように電灯にぶつかって
床が真っ黒になるくらいたくさん落ちてしまったのだろう
大きく夜の空気を吸い込めば
肺の中にその声が入ってくる
肺にも星の光がともって少しは明るくなる

牛

牛の大きな目は何かを言っているようだが
私の耳では聞き取れない。
牛の言葉は牛の目の中に皆入っているようだ。

言葉は涙のようにこぼれんばかりに溜まっているのだが
体の外に出てくる道はどこにもない。
心が一握りずつ抜かれるように泣いてみるが
言葉は目の中でびくともしない

数千万年にわたって言葉を閉じ込め
ただ瞬くばかりの

ああ、あれほどおとなしくて丸い監獄よ

どうすることもできずに
牛は何回も噛んだ草の茎を腹の中から取り出して
また噛みつぶして飲み込んではまた取り出して噛みつぶす。

舌

スイカをむしゃむしゃと噛んで飲み込んだ彼の口から
五つか六つのスイカの種が次々に飛び出してきた。
ミトンのように先が鈍くなった舌は
歯の間で　力強く砕かれるスイカの中で
正確に種を選び出していたのだ。
スイカを食べながら彼は話を続けた。
彼がスイカの種の次に吐く言葉が
スイカの破片を避けながら正確な発音となるように
舌は絶えず忙しく動いていた。
あの小さな口にカルビとビールと冷麺が入り
スイカまで残さず全て入ったのは

口の穴の中に暗く潜んでいる舌のせいだろう。
お腹いっぱいに食べもう食べる気がなくなった舌は
ご苦労様と背中を叩いてくれる厚みのある手のひらのように
心を込めて歯と唇を長い間舐めてやった
思う存分食べて飲んではしゃいだ後の彼は
犬の肉のうまいお店があるから今度はそこに行こうと
車が混んでなければ一時間で十分行けると
土用の丑の日の昼飯は他の約束を入れないようにと
舌なめずりをしながら私に念を押した。

直線と円

隣の家が犬を飼うことになった
杭に縛られている
犬と杭の間はいつもぴんと張られている
精一杯引っ張られた弓のようになった背骨と
太くて短い根一つのみで耐える杭
その間の距離は頑として静かだ
犬の泣き声に背骨と杭が一晩中響く
毎晩その泣き声に私の眠りと悪夢が貫通される
夜が明けても犬と杭の間隔は少しも縮まらない

直線‥

背骨と杭の間を繋ぐ最短距離。
全身で杭を引っ張る足掻きと
大地のように微動だにしない杭との間で
少しも伸びたり縮んだりしない静かな距離。
円‥
杭と等距離にある無数の背骨の軌跡。
杭を頂点に左右上下に揺れ動く背骨。
いくら激しく揺れても誤差のない等距離。
激烈すぎるほど完璧な円周の曲線。

犬と杭の間の距離と時間が
もはや針金のように固まってもうこれ以上動かない。
今日飼い主が初めて犬と杭の間を切っておく。
杭のない背骨、途方にくれている。
その場でピョンピョンはねるなり走るなりする。
曲がった背骨、伸びない。

犬と杭の間にはもう何もないのに
背骨、曲がったまま走り　折れ曲がったまま走る。
杭から結構遠いところまで飛び出したがすぐに戻ってくる。
杭の周りをぐるぐる回るだけ。
犬と杭の間は依然としてぴんと張られている。

おばさんになった少女のために

四十路を越えた中年の女は
未だに私のことをお兄ちゃんと呼んだ。
お兄ちゃん、昔と変わらないのね！
お兄ちゃん、新聞で見たよ。
お兄ちゃんの詩集も読んだ、二冊も！
顔は忘れたがその笑顔には馴染み深さがあった。
彼女が笑うたびに中年の顔から
昔見た少女が飛び出してきた。

小さくて幼かったあなたが
股の間にも毛が生えてブラジャーもつける
大きくて悲しい体になったな。

あなたのか細い体を裂いて
ママより大きな高校生の娘と
中学生の息子が生まれてきたんだな。
長い年月は夫になり子供になり
あなたの体にしっかりとくっついて
思い切り掻き回して精根を尽かせたんだ。

三十年前の顔が思い浮かぶ前に
母と家内を探す家族たちが押し寄せてきて
少女は素早く笑顔を消して
中年の顔に戻った。
お兄ちゃん、私帰るね。
手を振りながら清楚に笑う瞬間、チラッと見えた少女は
後ろを向いたとたんにおしゃべりをしながら
すでに大きくなった子供たちに小言を言いながら
またもありきたりのおばさんになっていた。

うようよしているね、木よ

一歩も前に進めないから気が塞ぐだろうと思ったが
一生、全く動けず同じ場所にいるだけだから寂しくて落ち込んでいると思ったが

うようよしているね、木よ
細い根から小枝までお前の体に作られた全ての道は
じっとしているようだが休まずに動くそのくねくねの道は
根や枝や葉一枚も欠かさずに皆通っていくお前の長くて疲れる道は

うようよしているね、木よ
雷の根のように戦慄して果てしなく分かれる道は

無愛想で角のある石ころまで皆抱き寄せていくお前の道は
道を塞いで張り合う岩を取り巻いた末に岩にもなるお前の道は

うようよしているね、木よ
寒さで身に着けた強い香りと共に花に駆け寄る樹液は
枝に届くとすぐに叫んで勢いよく空に跳ね上がって綻びる花は
体中に花粉をつけるまで蜂や蝶の口をつかんで離さない花は

うようよしているね、木よ
独りで花のように何度も妊娠したお前の子宮は
膨らんだ腹を枝ごとにぶら下げて重々しく揺れるお前の子宮は
歯を持った口を借りて子宮を壊さなければ外に出られないお前の種は

地に締め付けられて行き来もできず生きていても死んでいるようだったが

うようよしているね、木よ

どの足より遠い道を歩いてきたお前が発散する沈黙は
足のある虫や獣たちが毎日聞いて育つお前の沈黙は
葉から葉に道に虚空に広がり山のように巨大になるお前の沈黙は

手話

二人の青年は激烈な論争を展開しているようだった。
乗客がところどころ座っているバスの中だった。
二人は指揮棒のように震える腕を元気よく振り回し
そのたびに指と手のひらからは
新しい言葉が鳩や花のように出てきたりした。
言葉はだんだん大きくなり速くなった。
私は目でピンポン玉を追うようにせっせと首を動かした。
彼らは時々大変興奮し
相手の手と腕の間の言葉を手の風で切り
その間に自分の言葉を割り込ませたりもした。
私は彼らの会話のせいで溢れて零れた唾が

私の顔に跳ね返ってくるのではないかと時にビクついた。
大きな声が行き来するときには彼らもかなりうるさいと思ったはずだ。
運転手から公共の場では静かにしてほしいと言われたらどうしようかと心配して
運転手の顔色を伺うこともあっただろう
でも、バスの中は二人以外には誰もいないようにただ静かで
時折、手の風がさわさわする音だけが聞こえてきた。

壁

脇腹で先ほどから
何かがぴくぴく動いていた。
見下ろしてみたら小さなおばあさんだった。
満員電車から降りようと
ひとりでじたばたしていた。
乗客たちは隙間なくおばあさんを取り囲み
高くて堅固な壁になっていた。
おばあさんがいくら呟きながら押して退けようとしても
壁はびくともしなかった。
おばあさんは精一杯力を尽くしたが
胎児の足掻きのようにぴくぴくと動いているだけだった。

電車が止まりドアが開いて閉まったが
壁には少しの揺れもなかった
おばあさんが必死にぴくぴくと動いている間
ぴくぴくするほど小さくなる間
乗客たちは隙間をさらにきつく詰めて
もっと堅固な壁となっていた。

無断横断

急に前の車が停車した。突っ込んでしまいそうだった。
後ろの席で眠っていた子供が座席の下に転がり落ちた。
習慣になっている捨てゼリフが悪口となって吐き出された。

前の車のすぐ先で一人のおばあさんが道を横切っていた。
横断歩道でない道路のど真ん中だった。
止まった車も通行人も驚いてただぽかんと見つめていた。

狭くてくねくねした閑静な田舎の道だった。
歩いていたら急に道路と車が現れたとでもいうような歩みだった。
どんなに急いでも到底速くならない歩みだった。

死が幾度か加速しながらよけた歩みだった。
さらに酷い死も数多くよけた歩みだった。
心の中ではすでに遥か昔に死んだ歩みだった。
今は死によっても止められない歩みだった。

のろい歩みが歩道に至る前に前の車が飛び出した。
同時に後ろに並んだ車が荒々しくクラクションを鳴らし始めた。

くしゃみ三回

華奢な体からあんなに勇ましい声が出てくるとは
誰も予想できなかった。
いつも死体のようにおとなしかった彼が
声に出して笑うことすらめったになかった彼が
足音がなくて傍にいてもいないようだった彼が
周りの人たちが皆驚くほどの迫力で咆哮するとは思いも寄らぬことだった。
この出し抜けの雷の音と共に
彼の口と鼻からは唾と鼻水が激しく飛び出して
丹田から吹き出る嵐の力に押されて
涙は目玉を押し出すように溢れてきて
逆流した血は一瞬にして顔と目を赤く覆い

腰は折れそうにくの字に曲がった。

くしゃみ三回、
しかしそれで終わりだった。
五秒くらいの嵐に荒らされた彼の体は
しばらくその余震に耐えようとぶるぶる震えたが
再び死体のようにおとなしくなった。
赤く火照った顔もすぐさま白くなった。
周囲を大きく制圧した空気もすぐ顔面を変えた
両目はこのように大きな声を出した自分の体を信じられないというように
少し目を真ん丸くしたり左右に動かしたりした後
以前のように小さくなり無表情になった。
何でもないことで人を驚かすのかという表情で
周りの人々は皆彼を睨んでは照れくさくなって顔を背けた。

拒否できない遺産

電車の中で本を読んでいたら
急に文字が力を失って激しく揺れた。
私は目に力を入れて
切れて曇った文字を生き返らせようと頑張ったが
私の視線は的に到達する前に屈折して
文字の外にしきりに外れた。
私はしばらく本から目を逸らして
目玉から力を抜いて
どこでも当たるところにポンポンと目線を投げた。

敢えて何かを見ようとしたのではなかったのに

居眠り中の人や新聞にうずまった人々の間から
私の目線を強烈に引き寄せるものがあった。
女！
体にぴったりと張り付く袖のないシャツ！
パンティーのような半ズボン！
時は真夏で
毛一本であれ、億劫で暑かった。
隠すべきところだけをどうにか隠した彼女の服は
体の外にそれを裂いて出てくる雌を
なすすべなく覆い隠す真似をしているだけだった。

そう、あれだったのか。
私の目と文字の間の空気を激烈に揺さぶり
私の読書の邪魔をした力は。
大したものだな。
敢えて見物しなくても自らの磁力で

私の視線をやたらと引っ張っていくこの思いは。
どんなに古くからのものだろう、
死のように誰一人例外なく
代々受け継がれるこの古くて暴力的な遺産は。

ミカン

老人は暗い部屋の中に独り放置されている

数日前に娘が買って置いていったミカン
数日間、誰も剝いて食べなかったミカン
埃がたまっても動かないミカン
動かないで少しずつ小さくなるミカン
小さくなろうと体の中で猛烈に動くミカン
小さくなった分、縮まって皺ができるミカン
腐っていくジュースを皺の入った皮でしつこく防いでいるミカン

暗い部屋の中に一袋のミカンが置かれている

どうやって思い出したのだろう

採りたてのりんごがぎっしり詰まったダンボールを持って
りんごがごろごろ転がり出てくるような大きな笑みをうかべ
彼女は書類の束を運んでいた
どうやって思い出したのだろう　高層ビルの事務所の中で
あの青くてほんのりと赤らんだ笑みの色を
どうやって思い出したのだろう　あのたくさんのりんごを
りんごの中で血管のようにはりめぐらされた空と水と風を
自ら溢れて重くなり転がり落ちる笑みを

どうやって思い出したのだろう　りんごを運ぶ足取りを
足取りから跳ね上がる空気を
空気から湧き上がる日差しを
陽の果汁、　陽の香りを

どうやって思い出したのだろう　今踏んだ高層ビルの下が地面であることを
根のように足の裏が息をしてきた土であることを
土を空気のように押し上げた草であることを

私は密かに覗き込んだ　心寂しい農夫*の笑みを
彼女の内で長い歳月独り育っては
自ら熟して歌のように流れてきた笑みを

机の間から見て見ぬ振りをしてみた
心寂しい農夫の歩みを
ゆらゆらと波打って独りで行く歩みを

歩かなくても自然と進んでいく歩みを

＊心寂しい農夫＝ウィリアム・ワーズワースの詩「The Solitary Reaper（ひとり麦刈る乙女）」から引用（原注）

V ガム

彼と目が合った

ふと彼と目が合った。
けっこう見覚えのある顔だったが
誰なのかさっぱり思い出せなかった。
あまりにも思い出せぬ顔見知りにうろたえて
私はしばらく彼から目を離せなかった。
彼も私が誰なのかとちょっと考えているようだった。
彼はゴミ袋を漁っていた。
彼は猫の皮の中に入っていた。
長い間、直立するのに慣れていたのか
四つ足で歩くのが少しぎこちなく見えた。
彼はゴミ漁りを邪魔した私に抗議でもするように

ニャーと、感情を込めて鳴くと
意外に赤ん坊の泣き声を出す自分の声が
どうも不思議でたまらないというふうに
すぐ口をつぐんでしまった。
彼は他の猫のように慌てて逃げはしなかった。
悲しい動作を見透かされた自分の姿に腹が立ったように
頭を下げると
曲がった背中でゆっくり背を向けてすっと離れていった。

サムギョプサル

飲み会後の帰り道。
一時間以上
私の体から肉のにおいが取れない。
火で焼けた血、煙になった肉が
私の毛穴ごとに、皺と指紋ごとに充満している。
腹の減った時にあたふたと食べた
香ばしい香りは消えて
屠殺される直前のきつい獣のにおいだけが残り
満腹の私の鼻の穴を綿のかたまりのように塞いでいる。
肉のにおいを聖人の後光のように被って
私は地下鉄から降りる。

地下鉄の中、私が立っていた場所には
私の姿の虚空を覆っている肉のにおいの鋳型が
まだ吊り革を摑んだまま
階段を上がっていく私を車窓から眺めている。
地上に出ると
さわやかな風がいっぺんに肉のにおいを吹き飛ばす。
涼しい空気を大きく吸い込む間
肉のにおいは一瞬だけ蠅の群れのように飛び上がっては
すぐねっとりとした足を私の体にべったり付ける。
自分の体をじりじりと焼いた手を、
自分の体をすりつぶした歯を摑んで手放さない。
まだ悲鳴ともがきの残る生臭いにおいが
自分の死体の埋められた私の体の中に
しつこく染み込んでいる。

暇な息詰まり

気を付けながら老人が歩いている。
目の前の広くて平たい道が
足の下で一本の紐のように揺れつつ細くなる歩みである。
しわくちゃにならないかと心配で、こそこそ背広の機嫌を伺い
動きを最大限に小さくきれいにした歩みである。
中間の関節一つだけにポンと触れても
骨全体ががらがらと崩れ落ちるような体を
よしよしとなだめながら歩いている。
頭をもたげてきょろきょろ見回せば、道が揺れて中心が崩れないかと心配で
肋骨の上にしっかりと固定した首の代わりに
目玉だけを、静かに回しながら歩いている。

足音が起こす全ての震動を
息づまるほど細い息の音で吸収しながら歩いている。
横をひゅうひゅう過ぎ去る若者たちの速さが
無礼で荒い風を起こすたびに
ばたつく体をつかまえて、歩みはしばらくぐらつき
やっと均衡を保つ。
歩みに連結された全ての関節を、少しずつ麻痺させる死
動作の中に染み込んで見えずに育った死によって
品位を失わないように全ての力を尽くして
老人は軽々と歩いている。

猫殺し

影のように黒くて足音を立てない一つの物体が
突然道路に飛び込んで来た。
急いで車を引き止めたけれども
速度がブレーキを抑えて強制的に進んだ。
車は小さな石ころ一つ踏むほどにも揺れなかったが
何か柔らかいものがタイヤに染み込んだようだった。
すぐバックミラーを見ると道路のど真ん中に
毛皮の襟巻きのようなものが落ちていた。
野生動物を捕って食べるのは、ずっと前からすでに、
虎やライオンの牙と爪ではなく
歯ぐきのように柔らかいタイヤだということを知るわけのない幼い猫だった。

乗り心地の良い乗用車のタイヤの緩衝装置は
ぐにゃっと潰れるのを感じ取れずに飲み込んでしまったのだ。
噛まなくても舌でよく溶けるという
噂の焼き肉屋の生カルビのような柔らかい肉質の感じが
少しの間タイヤを通じて私の体に湧いてきた。
柔らかく裂けた死を突き抜けて
その感じは私の体の隅々を嘗めながら
歯ごたえのある味を長く味わっていた。
陰刻模様の中に挟まった血痕で舌打ちをして
タイヤは残りの食欲を満たそうと、一層スピードを出した。

かゆみ

火の坑へ入っていく棺を
もとに引き出そうと
素服を着た女が飛びかかる

ちょうど閉じる火の坑の鉄門の前で
すぐ泣き声が出て来ないので
思い切り口を開けた女が胸を叩き、しきりに飛び上がる

体より大きな泣き声の塊が
出ようとして止まり狭い喉にぐっと引っ掛かり
泣き声の首をしめるや

首を吊った人の手足のように
全身が激しく空を掻いている、かゆみ

掻いても掻いても掻き切れない
脇のない
爪から血の出ないかゆみ

大きなプラタナスの前で

ダンプカーの前を荷物を積んだ自転車が後ろも振り返らずに走っている
路肩のない狭い二車線道路
どんなに速くペダルを踏んでも
自転車の車輪はのろのろと回る
警笛がライオンの口のように大きく鳴り響いて後輪を銜えそうになっても
車輪は空回りするだけで
今しがた大きなプラタナスの前を通り過ぎたばかりの自転車

自転車を飲み込むようにトラックは尻に迫るが
巨大な一頭の象を縄につないで連れていくように車輪は静寂で
足とペダルは自転車の車輪より速く回り

木製の長椅子

うらさびしい路辺に木製の長椅子がひとつあります。
一日中動くこともなく、もっぱら同じ場所に立っています。
鞭を振り回しても一歩も動けない脚なのに、なぜか鉄の鎖に縛られています。
見張りがいなくても座ったり横になったりもしないのに、です。
鉄の鎖が掛けてあるので、ちびた脚は本当に動くみたいです。
生真面目な椅子も鉄の杭に堅く縛りつけられた姿を見れば、逃げだして戻って
　来た前科もあるようです。
ひっそりとした夜中に泥棒の肩に馬車のように寄りかかり
丘の向こうの小道を回って、関節のない脚が到底行けない所まで行ってみたこ
　とがあるようです。
でも今は背中に乗せる主人を待っているように黙々と立っています。

椅子の背中はほとんど一日中空いているけれども、時々
清く涼しい夜になると数人のおばあさんが座ります。

その時、おばあさんたちは椅子が鉄の鎖に堅く縛られているのを確かめたりします。

いつでも逃げられるけれども、今は身動きできない振りをしているのをすべて見通しているようにです。

ポニーのように椅子の頭と背中を撫でたりぽんとたたいてやったりもします。

夕方にその椅子に座って話を交わすおばあさんたちの声と笑い声は
壁と天井のない風と星の光を受けて夜空の遠くまで広がっていきます。

そうすると椅子の脚も興奮したように少しずつ軋んで動き始めます。

話が活気を帯びると椅子はおばあさんたちを乗せたまま、夜空を高く飛ぶようになります。

椅子がゆれ動くかどうか、夜空が高いかどうか
鉄の鎖は丈夫で、話は夜空の下で果てしなく続き、おばあさんたちは平然としているばかりです。

しかしおばあさんたちのいない日、一日は長く鉄の鎖はすることがなく、

椅子は道と雲を気にしつつもそのままにして、独り無愛想な時間に耐えます。冷たくて誠実な鉄の鎖もさびていく時間に耐え、椅子の脚をしっかり摑んでいます。

イヌ　3

狭くてくねくねした薄暗い路地の奥
バラックのブリキ屋根の下

足音が通り掛かるだけで吠える
とげとげしい音がある

黄色で痩せっぽちで
耳はぴんと立っている奴のだろう

にわか雨が降ると
吹きつける雨の音をひと粒も逃さずに

ドンドンドカドカと、更に大きい音を立てて鳴く
ブリキ屋根のように

拳と靴の足で叩くと
心臓のようにドンドンと震える音を出す
ブリキの門のように

全身が恐ろしさの塊になって吠えている

歯がすべて見えるまで
門の隙間が、穴が、すべての割れた隙間が吠えている

ガム

誰かが噛んで捨てたガム。
歯の跡が鮮やかに残ったガム。
既に押された歯の跡の上に
押されてまた押されて無数に押された歯の跡を
ひとつも捨てたり消したりしないで
小さな体の中に幾重にもくちゃくちゃに入れて
小さく丸い固まりになったガム。
その多くの歯の跡の中で
今は静かに化石の時間を過ごすガム。
肉を裂いて実を壊した力が
いくらすり潰してもすり潰しても

全くすり潰されず
少しも破れたり壊れたりしないガム。
肌のように柔らかい触感で
肉のようにコシのある質感で
歯の下でばたつく手足のようなぶよぶよした弾力で
歯が忘れていた遠い殺戮の記憶を覚まし
その血と肉と生臭さと一緒に遊んだガム。
地球の一生の間、歯に刻印された殺意と敵意を
その一身にそっくり受けたガム。
思いきり崩して潰して押さえつけても
歯が先にくたびれて
仕方なく放してやったガム。

楽しいバス

バスの運転手があくびをする。
道路のど真ん中を塞いだ絶壁のひとつが
つられて大きなあくびをして
バスはいつのまにかトンネルの中を走っている。
トロット*のボリュームを上げて乱暴にガムを噛んでも
運転手は音楽に合わせてこっくり。
揺れる車のリズムに合わせてこっくり。
目を閉じてもお手の物だというほど明るく見通しの良い道。
目を閉じても相変わらず青い、青い信号。
得意になって走る並木と電柱とビル。

バスの運転手があくびをする。
自分勝手に走るスピードに合わせるために
足は形式的に加速ペダルを踏む。
前の車が急停車するのをみて驚いた足が
遅れてブレーキを踏んだりもする。
運転手がまどろむことも知らず
スピードを落とさずに走る車輪。
二十年の運転歴ですべての道を覚えてしまったハンドルと
ハンドルに付いて真ん丸くなった腕。
運転手は思う存分まどろむようにほったらかして
自ら左折右折しては止まる車輪。

バスの運転手があくびをする。
目を閉じても良く見えていた道がびっくりして
横断歩道の前で急に赤信号を点す。
悲鳴が慌てて急ブレーキを踏む。

後ろの車の運転手がバスにやって来て何か声を張り上げる。
バスの運転手は大きなあくびで返事をする。
後ろの車の運転手はあくびより更に大きく口を開きながら
ガラス窓を叩き指を突き付けて怒っているが
何を言っているかは聞こえず
あくびの中でトロットの調べだけが垂れ流されている。

バスの運転手があくびをする。
あくびの中にまた長いトンネルが入ってすぐ出ていく。
バスが通り過ぎるまで
はらはらと赤信号を保っていたが
バスが通り過ぎるとすぐ青信号に変わる信号灯。
自動的に避ける前の車と隣の車と後ろの車。
ときおり眠りを覚ましてくれるクラクション。
ジグザグと走るバスに合わせ
曲がりくねる車線。よろける並木。

目を塞いでも正確に的にささる朱蒙*の矢のように
すらすら走る我らの楽しいバス。

*トロット＝韓国の伝統歌謡。日本の演歌と似ている。（訳注）
*朱蒙＝高句麗の始祖である東明聖王の名前。七歳の時から弓を引けば百発百中だったために、「弓引きが上手な人」という意味の「朱蒙」という言葉が名前になった。（訳注）

生テナガダコを食べる

一度も死を見たことがなく、死んだらどうすればいいのか知らなかったので、死は皿の上で生きていた時よりも激しくうごめいた。死んだら動いてはいけないということを知らなかったので、自分の力と毒気を全てかき集め荒い川の流れのように激しく揺動した。あまりの激しさのせいか、ややもすれば死の取り消しにもなりそうだった。死には目と手足がついていなかったので、方向もなく前にだけ向かって這っていき自分たち同士でやたらに絡まった。

白い皿はまるで自分が死んだように丸い円の中で吸盤を水玉のように弾きながら荒々しく波打った。しかし死が逃げるには皿の直径はとても短くすべての道はひたすら滑稽なうごめきだけに開いていた。バラバラになった足や吸盤は一匹の統一された死であることを諦めて、一切れ一切れが独立した生命となり皿の外へむやみに出ようとしたり、噛む歯の隙間に歯石のようにくっついて離れようとしなかった。

噛むたびにスプリングのように軽快に歯を跳ね返す弾力。うごめきと踏みにじりの間で生きている死と、死んでいる生命がサンドイッチのように幾重にも層を成した弾力。一度に死にきれず、幾度も細かく分けられた死のふわふわした弾力。すべてが踏みにじられた後にも、うごめきの響きが依然として顎の関節に残る弾力。首がなく目がなく手もない死がとてつもなく悔しいほど、歯は更にコシのある弾力を受けていた。

悲しい顔

やがて悲しみは彼の顔のすべてを占めてしまった。
ひげの伸びるスピードで込み上げてくる悲しみが
いつの間にか顔を茫々と覆っていた。
血管と神経網のように体の隅々にまでくまなく広がっていた。
彼は笑っていたが、悲しみは知らん顔をした。
食べて飲んではしゃいでいたが、それをものともしなかった。
今まで吐いたすべての発音が泣き声で一気に崩れる時間が
外股の歩みのように静かに近づいてきた。
一握りにしかならない笑いを早速放り投げることもできたが
悲しみは彼がもっと豪快に笑うようにほったらかした。
しきりにしゃべる口の奥に拳のような泣き声を突っ込むこともできたが

唾の楽しく飛ぶしゃべり声を黙々と聞いていた。
笑いとおしゃべりに合わせて首と額の血管が太くなるたびに、
悲しみの通り過ぎていくところがだんだん鮮やかになるのが見えた。
笑って少しでも表情が歪んだら
いくら明るく笑ってもなかなか元に戻らないし
笑いが高音になる途中で少しでも震えたら
待っていたように即座に泣き声に変わろうとしていた。
それほど面白くない冗談でも
悲しみがばれるかと思い腹を抱えて笑っていた。
笑いとおしゃべりが突然止まるかもと思ってひやひやしていた。

本を読みながら居眠り

目が覚める瞬間ごとに
机の前で居眠りしている私が見えた
首が片方に傾いていた
いびきをかく声をさっそく止めた
袖で口元のよだれを拭いた
眠気を追い払おうと頭を振り
一生懸命目を擦って咳払いをした
頭を真っ直ぐに立てて目を大きく見開き
文字に焦点を合わせた私は
もうそれ以上は眠らず本だけに集中した
と思うやいなやすぐに抜け出し

よだれを拭いて目を擦り、再び目を覚ます私を見た
今こそ目覚めたと思いつつ
私の頭はまた片方に折れていた
確かに止まっていたと思ったいびきの音を
また止めた
大きく見開いたという自覚からいつの間にか解かれた目を
再びぎらりと見開いた
はっきりと見えた文字が
あたふたと虚空から本の中に戻ってきた
もう本当にしっかりせよと伸びをして
首を激しく横に振ってみた後
姿勢を正して心を整え改めて文に集中した
という自覚から目覚めてよだれを拭き取っている私を
折れた首をさっさと戻している私を
固くくっ付いてしまった目を開けている私を
しばらくしてからまた見てしまった

本を読むのをついに諦めて机に顔を伏せた
待っていたように甘ったるい眠気が一気に襲ってきて
すぐに深い眠りに落ちて行った
という思い一つが
眠りの中でマジマジと目を開けていた

保育園で

私が微笑みかけて近づくと
子供は初対面の私に向かって思いきり両手を広げる
両手を広げるや急に子供の前に現れる虚空
早く満たされることを待つ大きな虚空

私の胸に抱かれたとたん、ちゃっかりと
子供はマグネットのようにすがり付いて離れない

その子の後ろには他の子供たちがいる
幼い目がそれぞれに穴のあいた巨大な虚空で私を見つめている

VI　割れる割れる

ネクタイ

首が、力強く
天井にぶら下げておいたネクタイを引っ張る
空中に吊り上げられた足の裏が翼のように激しくばたつく

首の骨がぶっ潰されるほどネクタイが首を抱きしめる
首が自分の中に深くネクタイを引き寄せる
ネクタイに括約筋が芽生える

足をもがく体重がネクタイのブランコに乗る
足の蹴飛ばした虚空がグルグルと回る

体重がもがきを残さずに飲み込む間
詰まった息を吐く口から長い舌が突き出てくる

開いた口が赤いネクタイを吐き出す
数十年間、首に締めていた全てのネクタイをむかむかと吐き出す
吐いても吐いてもネクタイは止まらない

床と爪先の間
いくらもがいても縮まらない指尺の虚空が
人を吊ったネクタイをしっかりと支えている

今日の特選料理

高い風と雲を乗り回すワシの翼の広くて丈夫な浮力だけを選んで冷蔵熟成させた後、焼き上げました。

一日中、最も冷たくて清らかな時間に湧き起こる夜明け頃の鶏の力強い鳴き声だけを厳選してカリカリに揚げました。

時速百十一キロで走るチーターの筋肉の作り上げた弾むような弾力だけを選りすぐって淡白に煮こみました。

爪と歯がかゆくて鳴く子猫の鳴き声から間引きした切ない目つきだけを香ばしくいためました。

数千メートル先の水流の力と行方を読みとる魚のヒレをじっくりと煮こんで鋭い感覚だけを濃厚に出しました。

ドキドキと動くウサギの心臓からうっすらとした驚きと幼い恐れを生き生きと振るえるまま取り出して、あらゆる薬味で和えました。

飼い主に向かって無邪気に振る犬の尾から朗らかに走り回る遺伝子だけをすりおろしてジュースにしました。

噛まなくても溶けて戦慄しながら血管に染みこむ肉質とそのピンとしたもがきだけを薬味に用いました。

大きな木

木の枝が割れる
胴体に生えた皮膚をちぎりながら割れる
割れたところからくねくねと這い出しつつ割れる
あかあかと燃える炎の形にたわみながら割れる
木の上で芽ぐむもう一本の木のように割れる
手足のように、手の指や足の指のように
生まれる前からすでに割れていたように割れる
大昔から割れていた道を
逆らえないように自分の身に深く刻まれている道を
数えきれないほど行ってみたので目をつぶっても行ける道を
淡々と歩いていくように割れる

胴体から抜け出ていく数多くの穴が
みな自分の道であるように割れる
割れずにはいられないように
割れたばかりなのに、また割れる
また割れる　また割れる　また割れる
何度も何度も再び割れる
むちゃくちゃに裂けるように割れる
蛇の舌のようにちょろちょろと出ながら休まず割れる
段々細くなるのに、また割れる
段々ねじれるのに、また割れる
割れた力が集まった一本の巨大な植物性の火が丸く燃え上がる
体の中についた多くの火の手を
一つも逃さないとでもいうように
猛烈に割れていく

工事中

掘削機とフォークリフトが工事中だ
地の隙間を残さず覆って、いきなり貫かれて割れて剝がされるアスファルト
も工事中だ
闇の中に耳と根を静かに突っ込んで、突然掘られて削られて裸になったまま
太陽の下に引き上げられた土も工事中だ
何事もなかったようにじっと立って仄かに震えながら植物性の悲鳴を飲み込
む草も木の葉も根も工事中だ
雨が降っても雪が降っても一日中固まっている壁さえ、広い平面とぎっしり
と塞がれた厚みを尽くし振動を吸収しながら自分の中に見えないひびが入って
いく工事中だ
振動する地面をせわしく這っていくアリも工事中　ゴミを食べる最中にびっ

くりしたハエも工事中　花に付いて蜜を食べ騒音も一緒に食べるハチも工事中だ
体に触れる全てに激しい振動を伝える空気も工事中　その振動を追い出す風も工事中　その騒音と埃が皆混じり込んだ空と雲も工事中だ
閉めると熱くて息苦しい　開けるとフォークリフトの猛烈なエンジンの音が押し掛けてくる窓も工事中だ
掘削機のマシンガンのような拍子とスピーカーの爆発するようなリズムに合わせ慌てて回る私の血も工事中だ
何も聴きたくないのに全ての音の刃と錐と無理強いを漏れなく聴いている私の耳も工事中だ
その騒音を気を使って受け取り　心臓と肺と神経系とニューロンと大小便にそのまま入れてやる私の体も工事中だ

デブ女

目を覚ますと
ある小さくて暗い、太った部屋の中に入っていた。
首筋で、ガチャンと、ドアに鍵を掛ける音がした。
頭があまりに大きく重かったので
額に太い皺ができるまで
心を低くかがめなければならなかった。
窓を探してあちこちをのぞく度に
体にべったりと粘りついた壁も一緒に動くので
どこが外なのか見分けられなかった。
とりあえず、目につく通り
明かりの貫かれた鼻の穴に素早く顔を突きつけ

取り急ぎ冷たい明かりを幾筋か吸い取った。
息の根を通して外が少し見えた。
外に出ようと何回か体をひねってみたが、
全てのドアはすでに私の中に入っていて
私をちぎるか壊さないと開かないようになっていった。
九つの狭い穴を見つけて、やっと抜け出ていったのは
荒い息や汗の玉と熱い小便と口臭だけだった。
息をするたびに
私を閉じ込めた壁は波打ちながら徐々に隆起し
ブラジャーはパンパンに膨らんだ。
尻や胸、脇、股まで
詰まった息がいっぱいに満ちていて
ほころびないように
いやにすっぱくて生臭い匂いできちんと密封されていた。
かろうじて私のいる所を見つけてよく見ると、
鏡の中だった

水槽のような目をしばたたいている顔が、
肉の中に隠れた目でチラチラと外を見つめる顔が、
ホルマリンのようなガラスの中に入っていた。
生まれるや否や四十歳で　鏡を見るや否や女だった。
そのように自分の身を飾らず
いつ嫁にいけるのかという説教が
部屋の中で朗々と響いて伝わってきた。
それは歩くのではなく、転がるのだと
私のよろめく歩き方をからかう声が
壁を貫いて肉をブスブスと刺しながら入ってきた。
動けば動くほどさらに強く詰まる息の根を開放する為に
私は一部屋をそのままソファーにして
犬のように舌を出し　はあはあした。

出典一覧

第一詩集『胎児の眠り』一九九一年

ネズミ　トラ　イヌ　蚊　ゴキブリは進化中　鶏　カメ　冬鳥　旱魃　せむし　胎児の眠り
1　美しき原子爆弾　八時

第二詩集『針穴の中の嵐』一九九四年

顔　隙間　居眠り　針穴の中の嵐　静かな、あまりにも静かな　一人の肉体のために　埃の音楽　イヌの餌入れ　蛇　いわし　九老工団駅のヒヨコたち　食べ物横丁を通りながら　失業者

第三詩集『事務員』一九九九年

冬を待つ　苦行を終える　足跡1　宇宙人　足をひきずる人　事務員　あくび　鳥肌　新生児
2　ほやほやの言葉を　彼は鳥ほども地に足を降ろさない

第四詩集『牛』二〇〇五年
牛革の靴　自転車に乗る人　染み　目玉焼き　草虫たちの小さな耳を思う　牛　舌　直線と円　おばさんになった少女のために　うようよしているね、木よ　手話　壁　無断横断　くしゃみ三回　拒否できない遺産　ミカン　どうやって思い出したのだろう

第五詩集『ガム』二〇〇九年
彼と目が合った　サムギョプサル　暇な息詰まり　猫殺し　かゆみ　大きなプラタナスの前で　木製の長椅子　イヌ3　ガム　楽しいバス　生テナガダコを食べる　悲しい顔　本を読みながら居眠り　保育園で

第六詩集『割れる割れる』二〇一二年
ネクタイ　今日の特選料理　大きな木　工事中　デブ女

年譜

一九五七年　京畿道安養市に生まれる。
一九七〇年　安養市三省小学校卒業。
一九七三年　安養市槿明中学校卒業。
一九七六年　安養工業高校電気学科卒業。安養でアマチュア同人誌である「落葉文学」同人会に参加し、詩の習作をはじめる。
一九八五年　中央大学英語英文学科卒業。縫製輸出会社の協進の会社員になる。
一九八九年　「韓国日報」新春文芸の詩部門で「せむし」「旱魃」が当選し、文壇デビュー。「詩運動」後期同人として活動。
一九九一年　第一詩集『胎児の眠り』を刊行。
一九九四年　詩人の李珍明《イ・ジンミョン》と結婚。
一九九五年　第二詩集『針穴の中の嵐』刊行。『針穴の中の嵐』で第十四回〈金洙暎文学賞〉受賞。娘、ダムン誕生。Robert Browning の『ハーメルンの笛吹きの男（The Pied Piper of

Hamelin)』の韓国語訳刊行。
一九九九年　第三詩集『事務員』刊行。
二〇〇二年　「膨らんだ袋」など、四篇の詩で第四十六回〈現代文学賞〉受賞。
二〇〇三年　慶熙大学教育大学院（国語教育）で修士学位取得。
二〇〇四年　「どうやって思い出したのだろう」で第四回〈未堂文学賞〉受賞（中央日報主催）。
「うようよしているね、木よ」など、四篇の詩で第十一回〈梨樹文学賞〉受賞。
二〇〇五年　第四詩集『牛』刊行。株式会社斗山を退職し、二十年間の会社員生活を終える。
このの ち同徳女子大学、中央大学、秋渓芸術大学、慶熙大学、明知大学、淑明女子大学などに出講。（～二〇一二年）
二〇〇六年　第四詩集『牛』で〈芝薫文学賞〉受賞。季刊「詩と詩学」主幹になる。
二〇〇七年　慶熙大学大学院で博士学位取得。大山文化財団の支援を受け、アメリカのUniversity of California Berkeley で三ヶ月間の研究活動。童話詩集『おなら』刊行。
二〇〇八年　絵画童話集『腰の曲がった老婆』刊行。第二回韓・中作家会議に参加（ソウル）。
「韓国・ロシア文学の夜」に参加（モスクワ）。詩論集『詩と体と絵』刊行。
二〇〇九年　第五詩集『ガム』刊行。同書で〈尚火詩人賞〉、第二十二回〈慶熙文学賞〉受賞。
第三回韓・中作家会議に参加（中国）。Minnesota University、St. Olaf College の作家招請行事に参加（アメリカ）。

二〇一〇年　黄順元文学館の事務局長になる。
二〇一一年　第五回韓・中作家会議に参加（中国）。韓国・オーストラリア修交五十周年記念文学交流行事に参加（五月韓国、十月オーストラリア）。絵画童話集『牛になった怠け者』刊行。Shel Silverstein 詩画集『この人々をついばんではいけない（Don't Bump The Glump）』の韓国語訳刊行。
二〇一二年　第六詩集『割れる割れる』刊行。詩集『ガム』のスペイン語訳詩集刊行（メキシコ Bonobos 出版社、韓国文学翻訳院支援）。Shel Silverstein 詩画集『世のすべてのものを装ったホットドッグ（Every Thing On It）』の韓国語訳刊行。韓国文学翻訳院支援の国際文学交流行事「ソウル作家祭」に参加（ソウル、済州道）。
二〇一三年　慶熙サイバー大学の教授として就任。詩集『割れる割れる』で第二十三回〈片雲文学賞〉受賞（趙炳華詩人記念事業会主催）。大山文化財団と檀国大学アジア・アメリカ研究所の主催する「韓国－スペイン語圏文学交流の夕べ」に参加（ソウル）。韓国文学翻訳院の支援により、メキシコ・グアダラハラ図書展に参加し、スペイン語翻訳詩集『El Chicle』を紹介。
二〇一四年　大山文化財団の支援により第四詩集『牛』のスペイン語翻訳詩集を出版予定。

話すことと話さないこと

金基澤

詩を書くことは何かを話そうとする欲望であるが、それと同時に何も話そうとしない欲望でもある。内面から湧き上がる言葉を表に取り出さなくては成り立たないという点ではそれは話そうとする欲望であるが、目の前の実際の人間とのやり取りではない、この世との直接的な疎通ではないという点では、話そうとしない欲望でもある。詩が通じ合おうとする相手は、目の前で自分の話に耳を傾けてくれる人ではなく、見えぬ人、虚構の人物、仮想の人、もしくは自分の内面や自然の中の数多くの声や耳なのだ。

言葉は食欲や性欲によく似ている。生き残るために食べる一定量の食べ物や発情を抑えるための性行為のように、人には体から発散すべき言葉の総量が、生まれたときから定められているようだ。だから人々は話すべき言葉に強制されて、それらを体の中から取り出しているのかも知れない。非常に内向的だったり話す相手がいなかったりなど、さまざまな原因で抑圧され言葉が表に発散されず、そのために内面から取り出した言葉の量が定められた総量に遥か至らなければ、体は異常行動や強迫神経症など新たな出口を見つけてまでその代償を払わせるのだろう。携帯、インターネット、すさまじいスピードで進化する通信技術、映像媒体など現在盛んになった産業は言葉と関わりがあるようだ。

人と話すときに、私は言葉が私をだますことによく気が付く。言葉はたえず聞き手の機嫌を伺わなければならない、その耳に付いた心の角にぶつからないように気をつかわなければならない、しかもその心が理解したり判断したり計算したりするのを意識しなければならない。つまり、私は自分の言いたいことではなく相手の聞きたがることを話すしかない。私の言葉は人の言葉から受けた傷を覚える。そのため、言葉が凶器にならないようにいつまでも宥めたり、見張ったりする。相手の耳が聞きたがる言葉を話そうと、私の舌は休まずに最適な単語を選び出し、またそこに綺麗な飾りを付ける。そうしてしばらく話をしていると、いつの間にか私の言葉はとても食べやすくて甘いへつらいになったりもする。相手の言葉も同じだろう。繰り返される同床異夢が作り出す笑いと機知とユーモアを兼ねて、偽りを言わなければならない。自分の言うことがこの世と通じ合うためには、仕方なく歪んでしまうことが分かっていても、それに耐えなければならない。上手に話すということは言うべきこととそうでないことをうまく区別することであり、相手の癇癪に触れずに良い印象を与えながら自分の意図を伝えることであり、核心をうまく遠回しに言うか避けるかということでもあり、必要な一言に必要でない百言の潤滑油を塗ること、つまり色々なことを言いながら一言も話さないように話すことである。私はこのような話し方が苦手だが、全く慣れていないとも言えない。私が偽りを言うとき、話すべきことは押さえられたまま積もっていく。

一日中話をしていると、相手が聞きたがることではなく自分のことを話したくなる。そのためには私が何を話そうが、判断したり誤解したり利益を計算したりする耳ではなく、まるで虚空のように黙々と全て聞いてくれる仮想の耳が必要になる。「王様の耳はロバの耳」と叫ぶ声を聞いてくれる地面のくぼみと、風と、誰も聞く人のいない森が必要なのだ。だから、その言葉は言葉でありながら音声がなく舌がなく発音がない。その言葉には話し手の感情や情緒は溢れているが、話の中身はそれほど多くはない。その言葉は空気を振動させて作動するのではなく、体を振動させて体の中で作動する。その言葉は夢想や白昼夢と似ているという点で言葉ではないが、実際に文字という服を着て、しばしば朗詠によって肉体を得るという点では言葉とも言える。

しかし、その言葉は言葉が意味になる以前の部分、言葉の意味の届かない部分を用いようとする。日常的な言語生活ではよく使われない部分、言わば沈黙に近い部分を使おうとする。言葉の沈黙に当たる部分は意味よりは、情緒や感覚の働く領域である。意味を表すとしても、それはイメージの暗視を通じて伝わるので聞き手が自らの想像力で探ったり作り上げたりする意味であり、また「確定されたり決められておらず常に発生中」の意味、「既に存在する思惟を明かさない野生的な意味」（金花子《キム・ファジャ》、『Maurice Merleau Ponty ――間接的な言葉と沈黙の声』）である。それは聞き手に意味の理解や判断、もしくは計算を強いない。だから聞き手の耳から自由になれる。

詩を書く、あるいは詩で話すことは疲れた言葉を休ませる話し方であり、言葉で受けた傷を癒す話し方である。

がらんとした重みの体

金基澤の詩の世界

李光鎬

私は以前、金基澤の第一詩集である『胎児の眠り』について述べたとき、彼の詩の世界を「透視的な想像力」と名付けたことがある。それは決して彼の詩の全体を表しつくした表現ではないが、彼の詩的特徴の一端に触れることになったと思う。彼の詩的文法は、物事に対する繊細な観察力を通じてその微細な陰影をさらけ出しながら、隠れて内在している力をキャッチする。彼の詩は感情的な言葉ではなく対象の細かい部分をとらえる描写の言葉に依っているが、それはただの表面的な描写を超え、対象の本質的な局面を貫こうとする想像的な言葉の力を示している。その詩は、想像的な言葉による対象の外面への精密な描写というよりは、その内部に対する暗示的な描写だと言えるだろう。詩人の透視的な想像力は、日常的な知覚の範囲を超える対象を詳細に観察し、その観察は対象の内部から湧き上がる力を表す段階にまでたどり着く。詩人は日常の静けさと倦怠の中からも、はち切れそうにぴんと張られた内面的な力の磁場を捉える。そこから目に見えない様々な力が拮抗する空間が浮かび上がり、止まっていた時間の活発な動きが現れてくる。

第二詩集『針穴の中の嵐』に載せられた詩を「肉体の詩学」の範囲にまとめるのは容易なことである。なぜなら、詩集のところどころで人間や動物の肉体を描いているからである。しかし、その描写は至極細かくて冷たい。この詩集の詩に表れている肉体的な描写は、少なくとも表面的には肉体の官能性に対する魅惑や、肉体の力溢れる生命力への畏敬を伴っていない。彼は非情なほど冷静な観察者の立場から肉体を解剖する。肉体という対象を見つめ、詩的な描写に力点をおく。詩における描写とは、物事や現状のたずさえた性質と印象を感覚的に表現する形式と言えるだろう。つまり、抒情詩を支配するのは感情的な言述であるという偏見とは違って、描写こそが詩的認識に具体性と力を与えてくれる重要な形式であるということだ。金基澤の詩の描写は非常に繊細であり、一方では暗示的である。

（中略）

金基澤にとって肉体に対する認識は、人生の混沌と逆説に対する認識である。

詩人にとって、身体に対する自己意識は矛盾と逆説に行き着くしかない。肉体の現実に対する執拗な詩的描写を通じて、彼の詩が見せているのは、「現代性」と言われる時代の矛盾と対面する魂である。その魂は我々の習慣的な認識と知覚から目覚めるための悟りを与えてくれる。我々の住む日常的な空間の実在性に対する明らかな認識を揺さぶるのである。それを通じて我々は、いま目に見える世界の背後にある空虚な死を垣間見るようになる。生の偽りによって我々の眠った意識をめった打ちにするのである。彼の詩が生の混沌や危うさへの冷静な反省のきっかけとなるのは、このような文脈からである。

とはいえ、金基澤の詩は、悟りに導く啓蒙性というより、存在の背後を探る知覚の更新においてこそ心を打つ。その知覚の更新は、生と死がかみ合う世界の混沌と矛盾を貫き、詩的認識の鋭さを見せている。私たちはそこで表現の即物性や生の偽りに対する知覚だけではなく、生命の現実における徹底的な認識を目のあたりにする。それは逆説的に生命の可能性への表現である。彼の詩のなかの消滅に対する予感は、新生への予感と相接している。

身体的な自己意識の矛盾を言語化しようとするのは一種の冒険である。その冒険は、身体的な知覚の生々しさを表現するために言葉を捨てるのではなく、言葉がその知覚にたどり着ける接点、その新たな言葉を執拗に探ることにある。優れた感覚の深さを見せる金基澤の詩は、この時代の生に対するいっそう具体的ではっきりとした詩的認識として迫ってくる。このような脈絡で彼は、一九九〇年代の韓国詩における重要な可能性であると言えるだろう。

（詩集『針穴の中の嵐』解説）

李光鎬（イ・グァンホ）
高麗大学国語教育学科および同大学大学院国文学科修士・博士課程卒業。一九八八年、「中央日報新春文芸」に評論が当選して登壇。文芸批評集に『違反の詩学』、『幻滅の神話』、『小説は脱走を夢見る』、『動く不在』、『このように些細な政治性』、『美的近代性と韓国文学史』ほか。〈宵泉批評賞〉、〈現代文学賞〉、〈八峰批評賞〉などを受賞。現在、ソウル芸術大学文芸創作科教授。

凝視の詩学

韓成禮

金基澤の詩の最も大きな特徴は観察と描写である。それは感情を排除した観察と描写である。

生きているもの、死んでゆくものたちで満ちているこの世界の最も低い場所から、彼は注意深く観察し描写する。詩の対象は主に動物や老いた者、力のない者たちであり、彼らが都市という空間でどれほど小さく危険であるかが表現される。都市的な生においては、弱者を保護して抱き寄せるよりは、排斥して淘汰してしまう様相のほうが強い。彼らの内面にうずくまった闇が世界とぶつかるとき、その宿命は形態として表れる。それらは存在の背後に深く隠れているが、爆発や崩壊、消滅直前の静かな緊張が装填されている。そうした緊張感としてこの危なげな世の中を受け入れていくのである。

金基澤の詩の力は静けさにある。その声は振幅が小さく、緻密で繊細である。

世の中から遮断されたところで安全に呼吸する、お腹の中の胎児に対してまでも、不安定な世界に向けての漠然としたその恐怖心を見逃さない。

いっとき生命を持っていた、あるいは現在生命を持っているものの身体と、その周りの些細なるものへの執拗な視線が、金基澤の詩の大きな部分を占めている。彼にとって詩を書くこととは、自分のすべての感覚を最大限に開きつつ、その感覚を絶えず鍛えていく過程である、という思いがする。

金基澤は、現代社会の傷と暴力性、不完全な存在として欠乏感を抱いて生きている欲望主体を、獣や高齢者、身体の不自由なものなどを通して、多重的に暗示し、物質的豊かさの中でエゴによって見捨てられた階層にも、多角的にアプローチして見せる。要するに、不条理な現実をモダニズム的イメージとして形象化していくのである。

金基澤はごく幼かった頃、ソウル郊外にある安養市の通りに捨てられた子供だった。迷子になったのかもしれない。彼が詩を通して見せるぴっしりとした緻密さは、自分の身体の中を流れる血と細胞の根源を見据えるための、祭儀のようでもある。

孤児院で育った金基澤は、幼年時代は内気で優柔不断で一人でいることを好んだという。しかし小学校低学年の頃、校内の作文大会で入賞したことがあった。与えられた題が「ウサギ」だったので、腹が空いたときに友達と一緒に、路上で凍え死んだウサギを拾って焼いて食べたという内容を書いた。朝礼のときに、全校生の前で入賞作を読むことになったが、その友達が聞いて恥ずかしがると思い、結局読むことができなかった。ただ、作文とは率直に書くことだと教えられ、その文を書いたのだという。

その後も変わらずに率直に書いてきた彼は、文を書くときにどう書こうかとはあらかじめ考えたりしないという。あるインタビューでは、「私は私の中にいる誰かが話してくれることを書き取る「書き取り」をしてきたし、これからもそうするつもりである。だから私の中の誰かがどういう詩を書いてくれるかは、私自身も分からない」と語っている。こうした意味で、金基澤は韓国詩において独特な「描写詩」という新たな境地を開拓した詩人である、と言うこともできるだろう。

「現代社会のさまざまな現象の中に潜伏し、生の真ん中を貫通していながらも、習慣により反省もなく当然のように受け入れられている暴力的でグロテスクな力を、一定の距離をおいて精密に観察し、極めて静かで端正な言語によって描写すること。それによって、対象と言語の間に微妙な緊張状態を作り出すのに金基澤は成功している。しかし、この詩人の究極的な志向は、グロテスクな力や暗い現実の単純な表出にあるのではなく、世界を支配するような暴力と闇というものの狭間で、そこに割り込んで聳えようとする弱き生命の力をより新鮮なものとして際立たせるのを見せるところにある」と未堂文学賞の審査評は、金基澤を絶賛した。

巨大な沈黙によって物事を凝視する金基澤は、現在、韓国の若き詩人たちが最も大きな影響を受けている、戦後世代を代表する詩人の一人なのである。

韓成禮（ハン・ソンレ）

一九五五年、全羅北道井邑生まれ。世宗大学日語日文学科卒業。同大学政策科学大学院国際地域学科（日本専攻）卒業。一九八六年、〈詩と意識新人賞〉を受賞して登壇。一九九四年、〈許蘭雪軒文学賞〉受賞。詩集に『実験室の美人』『柿色のチマ裾の空は』『光のドラマ』。鄭浩承『ソウルのイエス』、朴柱澤『時間の瞳孔』、崔勝鎬『氷の自叙伝』などの日本語翻訳詩集、辻井喬『彷徨の季節の中で』、村上龍『限りなく透明に近いブルー』、東野圭吾『白銀ジャック』ほか韓国語翻訳した日本の書籍も多数。

本書は大山文化財団の海外韓国文学研究支援事業の助成を受けた。

針穴《はりあな》の中《なか》の嵐《あらし》　金基澤《キム・キテク》詩集《ししゅう》

韓国現代詩人シリーズ③

著者
金基澤《キム・キテク》
訳者
韓成禮《ハン・ソンレ》
発行者
小田久郎
発行所
株式会社思潮社
〒一六二―〇八四二　東京都新宿区市谷砂土原町三―十五
電話〇三（三二六七）八一五三（営業）・八一四一（編集）
FAX〇三（三二六七）八一四二
印刷
三報社印刷株式会社
発行日
二〇一四年九月二十日

思潮社